Blanche

Comme un écureuil qui a oublié où il a enterré sa nourriture
dans la neige dure
je cherche où je suis

Quand le printemps arrive
Comme la neige qui fond et disparaît
J'aimerais que mon
corps disparaisse aussi

Comme une fleur qui s'épanouit quand son corps est aspiré
J'aimerais pouvoir être tes nutriments

J'ai honte que vous voyiez des corps sans âme et des os brûlés.

je suis dans le rêve de quelqu'un
et quelqu'un se réveille
J'aimerais pouvoir réaliser que je n'existe pas

蝶番

chou tsugai

梁川 梨里

七月堂

目次

受粉

わたしのところに飛んでくるものは
みな同じ匂いがする

手招いたのは　わたしです

この硝子の円柱の中へ
やってくる者たちに
あらゆる斜面を切り取った
わたしをあげよう

足につけた黄色い花粉で
子をせがむものたち
許可もなしに探しあてたらしい

めしべを喪ったからだの
どこを切り開いてみせれば
あなたの望む瓶になれるの
きれいに剝がれないラベルに
一時凌ぎでもぐりこみ
冷たい肌に身をよせる

その筋張った指で
固く蓋を閉めてください

狭すぎる瓶のなかで
あなたをおもうぶんだけ膨らんだ
胸からほどけて蜜になっていく
自分が産んだ蜜のなかで

やがて　ゆっくり窒息する
爪をたてた硝子瓶の
幾筋もの線が反射する午後の廊下で
熟成されていく　元からだ

ジムノペディ

死んだ目をした壺の模様が赤い

命を差し出した女たちの盗掘者を埋めた石
後頭部に僅かに残った髪
千年も忘れられていたことを忘れていた

変調による捻じれた溜息の針が刺さる場所は
耳斜め上、たましいの位置だ
違う服を着て権威の象徴と共に葬られた
あなたが見ていたものを拾う

君の右目が青い
誰かを見ていたように

誰かに見られていた
わたしの、

僕の目に写る
君の左目が青い

骨は正しく残った
今世、骨格を残さない約束事の国に籍をおき
後世に　この骨を供物できない
曲がった背骨の所以を解き明かされることもない

何もないところからやってきて
何もないところへ帰っていくだけの
単調な、絶対死ぬ、の例外なき図式を

拡げて、丸めて、ポイと棄てた
道端に転がる空き缶より役立たずな、いのち

いつか死ぬのなら今がいい

音階が届く夜に、初めから誰もいなかったみたいに
ピアノだけが鳴っている

欠けた壺の中で白い粉が舞い上がり
覗いた先で蠢いているものの正体を知らないままで
生きていけるようにつくられた安上がりの脳
薄く切り取った　青あるいは赤

あなたの後世のわたしを塗りつぶす岩彩を探している

かたく閉じた　雪のなかを
埋めた場所を忘れた　りすみたいに
探している　わたしは　どこか

春になると解けてなくなる　雪みたいに
からだごと消えてしまえたらいいのに

たましいの抜けたからだや
焼かれて残った骨を
あなたに知られることが　恥ずかしい

からだを吸われて　咲く花みたいに
あなたの養分になれたらいいのに

これは　誰かの夢のなかのことで
閉じ込められたまま
誰かの目が覚めて　わたしは　いないのだと
気付いてしまえばいいのに

ブリキの秋

芒が錆びた
看做された切符受け
揺れる幾本かの　か細い耳
柔和な月の手が染める二列の銀色の轍

（蜻蛉の影を追いかけた
　　　　片足飛びの輪たちが行方不明です）

伝言板に貼られた連絡先がいつかの携帯番号だ

（次の駅の名前が読めません）

還元された懐で
紫が赤と青になるように

化学反応式が示された空

未使用の試薬
叢で発生した指先ほどの竜巻
めまいの珪藻
海の頂上に残された梯子が
回収されないままの晩秋

駅舎の朽ちた椅子のささくれが
重さを確かめにきた
隣は、あなたのような鳥
ひとりでに軋み
幽霊みたいに饒舌だった

線路に耳をあてると
前の駅を出発した氷点下の足音がして
駅長の目が青く灯った

借景

道がなければ入道雲は湧かない
ひらかれていくものは必要以上に眩しい
高揚した胸だけが浴衣に馴染み
ソーダに染まった氷が、カラン、と砕ける音がした
仰げば、いつも空ばかりだ

扉を蹴飛ばした夏の、
その強気な足は変わってないね
太陽が僅かに近づいただけで
溺れる息の生きものたちよ
もっと早く進化せよ
もうすぐここはサバンナになる

間違って落とされた

たましいの欠片が
人形に憑いた
茶色の目をしたメリーは
ひつじなのかもしれない
あたりいちめんの余分な草を反芻して
齧った肩から血を流している

体温を超えた器の中で
メリーの髪は　あっという間に干上がり
大量の血が蒸発していく
今日のまとめをはじめる頃には、
獣の名をした生贄が降ってくる

ナナイロ

その声は何処へ届くのか
どこから逃げるのか
きれいに磨き上げたものが
は　でよかった

見えていない空を見ている時
記憶するための道具が
耳ならいいのに

大きすぎる目を抱いて眠れない
首筋にそった形状をなぞると
幾らかの痕跡を残しているのだと知る

背中には虹は出ません

ただ、とても悲しいくらいに
こんな大きな虹を見たのが
上司の声の先にあったひかりを
拾うことができたことが
偶然か否か尋ねることすら
覚束ない足になってしまいました

グラデーションの境目を探す
それは皮膚の切れ目を
探すより難しくて
その曖昧な色味のままで
七色というには色素が多すぎる

見えなかったでしょう

その手のかたちのとおりに
向きを変えて上っていく時
意識は寸断されるのか
緩く締め出されるのか

五感を研ぎ
縁起のいい数にした
今日の出来事に君が笑っている
虹のくちばしをした君は
いつまでもかごのままで
足の指の間によれた埃が
雨粒よりも輝けば
それで上手に手をふれる

そらよりも高い場所から

斫り

鼓膜を震わさない声がする
塞いだ手の隙間が汚れている
洗う手は限られていて
自分に見合う番は来ない

耳鳴りの端境期に
胡坐をかいた小声が
耳の奥でうすら笑う
すぐに壊したくなるくせに
作りたがる癖が治らない

斫りには早すぎた
誰も来ない祭り太鼓は
黙読に似ている

脳に打ち込む声はわたしではない

音階のない手拍子が揺れ
すれ違う提灯行列に顔はなく
後ろ足を擦り合わせて
落ちた肌を隠匿する

娑婆には女が多すぎる
水に流すのにちょうどいい女から
篩にかける

もう、大きな声で指をさされるのは
たくさんだ

さかな

たくさんの水が景色を薄めていく朝
いつか　ここは川底になる
流されない足が玄関に並んでいる

洗濯物をひとつ取り出し干すたびに
ベランダが傾く
正しく立ち上がることで見えなくなるものと
傾くことで見えることの
どちらが大切なのだろうか

雨足が強くなると、違う世界の
違うわたしが立っているようで
思わず足を確かめる

なぜ、足なのだろうか
あの世の入り口まで歩いていけるわけもなく
余程、口や手や目のほうが近いのに

これからのことを問うてしまう厄介な脳は
薄く切り取ってしまえばいい
付随した血管から噴き出した血の赤さが
冷めないうちに　足を履く

雨が、やまない
どこまでいっても　やまない
ここが　わたしの中であることに
気づくまでは　やまない
気づいたとしても　やむのかもわからない

その日、水の中でも息ができるのね、と
目を閉じたまま　さかなになっていく
もう、脳は誰かのものになって
あの　ベランダを目指すのだ

着氷

果ての見えない　この川を渡れない
透明すぎて　のぞいた　顔が
そっくりそのまま　対岸へ漂着している

声を出すものの気配がしない
耳鳴りだけが正しい
鳴いて震えた息の分だけ軽くなった

親指の足のさきだけが覚えている　　みず
上を向くためだけの　　　　　　　　そら
いくつかのひかりを抜けた先で降る
花のかたちをした　　　　　　　　　ゆき

どこにも行けない　くらい

うすい地層の下で　同じ月を奏でたこと

風のいちぶの　つぶになった
もう　意識のないものたちを
口笛よりも　遠くまで　呼んで
両の手に載せる　冷たい夜

COVID-19

内臓の臭いがする
ベッドの患者が導尿されている
看護師が腹を押すと尿の音がした
尿意をもよおさずに排尿ができる
わたしなんかいらないじゃないか

流行り病で隔離された
真新しいパジャマに腕を通すと
あの日と同じ臭いがした
腹を切り開いていないのに
どこに隠れていたんだ

解熱剤などまったく無視して上下する体温
嘔吐のあとの、全身麻酔に似た深い眠り

苦い口腔を飴玉で　ごまかし
限られた古めかしい武器で戦う
私たちをあざ笑う菌まみれの体内

丙午の翌年生まれのお前たちは多すぎた
特徴的な凸のある人口ピラミッドは
社会科の頻出問題の星が必ずついていた
どこにいっても競争倍率の高い
そんな星などいらなかった

「じゃあ、少し減らそうか」

誰の声だ、おまえは誰だ

脆い血管や目に見えない症例に
潜りこみ石化させる
増えすぎたものを減らす摂理だ
まだ、金の針を使えないのだろう？

「私（たち）が死んで
　　きれいなピラミッドが建立されますように」

誰かの声を真似た星が
夢見た斜面を滑り降りていく

埃及

金のサンダルに擦れた足を引きずる
やけに長い足指は間違ってつけられた
手、だったのだろう

拓けた道の先に濃い影が立っている

／逆光／

たましいがふたつあった頃
ひとつが担う役目を決めた
その繊細さを忘れてしまった

影があるものを信じることに
疲れた駱駝が

夢のなかで水を飲んでいる
その駱駝に乗ったわたしは
水の匂いを感じられず
駱駝の夢から抜け出せない

隠したさきすら忘れてしまうほど
永い尾をした　鳥が鳴く

もう、ここが砂漠である必要は
なくなってしまった
ただ「水」が正解の問題を
繰り返し受けているうちに
鳥が運んだほう（魂）に
間違われてもいいと思っている

飽和

あふれだした水が　真空を侵襲する
水さしの口が地軸の角度を忘れたせいだ
探しあてるためのスコップがない

冬眠できない熊が人間の都合で引かれた
見えない線を越え、その厚い爪を振り下ろす
痛みを感じないほどに飛び散った血もまた水だ

空の耳が、はるか遠い国の砲弾の音を拾う
殺されたら殺す
無限ループの赤い雨がやまない

もう、すべて遅いのかもしれない

手遅れを隠して生きることに
疲れた人たちが
雲間からあらわれた天使の梯子を
次々に昇っていく

ここからはよく見える
真空管の屋上で
口を塞がれた目が
たすけて
｜・　｜｜｜・｜　｜・｜｜　・｜・｜｜｜
の瞬きを繰り返しているのが

喪失

腕を置き忘れた
前の日に用意した半袖ブラウスが目印です
0.01ミリのわたしが喪われた、ここ、
ありふれた白いテープが貼られた
あれが　わたしの左腕です
本体のわたしに痛みだけをたきつけて
消毒の匂いのする
深緑の長椅子に座った姿勢で
あなたの帰りを待っています

「十万人に一人は死にます」
何の戸惑いもなく言えてしまう医師と
おもむろに頷く背中が
かつて、と呼ばれることになる　今

それは、ここまで生きてきた確率と
どちらが高いですか

喪ったところから生えはじめている
腕の名を届け出るべきでしょうか
かつて、荼毘にふさなかった皿の上の
血まみれの卵巣　ふたつ
部分遺体遺棄に問われませんか

頑なに拒む　肩から崩れて
雨宿りが成立しない
土砂からみつかった嬰児の泣き声が

腹を縫った溶ける糸に似ている

置き忘れたもので渋滞している

わたしの所在が不明です

三週間後、すっかり同じ長さになった腕に
「あなたの姉よ」と紹介して
ふたりの母になる
どちらかを選んで欲しかったことは棚にあげて
背の低い手が届く腕が欲しかった

遠雷

たいないを越えた水が
たいらな裏側では雨になる

夕立に駆けだしたまま
帰る家の灯りが　みつからない
落とした百円玉の匂いがする

空が待つことを止めた
もう、わたしも諦められてしまったのだろう

誰も迎えの来ない夜に
用意された片方の足だけが
ぶら下がっている

この胸の波の果て
貝殻を捨てた場所
ここにいることを忘れてしまったら
誰からもみつからない

名付けられたものは
いつか消える
手放しで　音のない口笛を吹く

履きなれない靴

痛みを伴う踵は
今までと同じつもりでいるからだ
聞き覚えのない声がした

合わせるのは君の足のほうだ
擦り落した肉を足らない部位にあてがい
靴に合う足を用意できなければ
明日へ歩いていけない

探しあてたと思っていた靴は
君をみつけた靴だった
ぶよついた肉に小指の爪が
半分割れて食い込んだ
せっかくの靴型が台無しだ

残念だよ
君は、もっと骨のあるやつだと思っていたのに

知らないうちに割けた大動脈
その死の所以は、君が二十年前に捨てた
マイクロプラスティックだ

ごみ捨て場は、いらない人間で
あふれかえっている

ただひとつ、救いがあるとすれば
終わった人間の数だけ、もう搾取されないことだ

半結氷

山が切り取った空は湖に凝着し
精緻な指さきで　顔を描く
氷が解けはじめた岸のちいさな水が
犬の足にまとわりついている
犬の姿はロングリードの長さの半円を
正しく提示されている

氷上から水へ飛び込んだ
水を得た鳥が忘れた空のどこまでが
許された範囲なのですか

ラジオ体操の小学生みたいに
手を伸ばして隣の人とぶつからない手を
赤字で板書してくれる先生は　いない

湖畔の狭い遊歩道で
老夫婦とすれ違う時
互いに、余分に、距離をとった
もう、私たちは領空を手放せない

すっかり耳のかたちを覚えたマスクは
もしかしたら、
その隙間から漏れた無症状の菌で
誰かを殺めたかもしれない
痕跡を誰にも知られずに
わたしにさえ知られずに

自粛した言葉が溜まっていく

マスクの内側で
いつか、この不織布を破って
飛び立つ翅を待っている

箱の名

夢のほうが濃い時間に運転をしてはいけない。持っていかれてしまう。腕はまだ夢の中にあり、その右が、この右と同義である確証はない。脳が覚えている景色を思い起こす時、陶酔に似た匂いがする。もしかするとわたしは、いつまでも眠っていたいのかもしれない。

隣にいたフランス語で詩をかく女の子は、これから始まるイベントのあらすじが描かれたれレシピを捲りながら、くっきりとした声を壁に刻んでいた。見える声が羨ましくて、彼女の唇を真似てみたが、文字になる気配はなく、仔犬が母犬の隣にいなくてはならない、という理由で部屋を出た。

甘い水を欲しがる蛍は潰されたまま飛んでいた。ひしゃげた姿を指さして「あんなふうになったらおしまいだ」と云いながらサイダーの缶を差し出した男。夢のなかでは知っていることになっている、顔のない、あったところで見えない、女ではないだけの存在としての男。

ひどく苦い味がした。炭酸は、砂糖にまぶして飲んだ丸い銀の粒に似ていた。「苦くないと効かないからね」二歳の時の母の声がした。疳の虫を密かにしのばせたことを悟られまいと、いつも喉で見張っている声だ。

コンクリートの交差点を渡る足はうまく動かなかった。誰かのつけた土踏まずのせいだ。踏む土など、とうの昔に消えたのだから、剝ぎ取られた肉を返して欲しい。

「そんなありさまで、よくここまで来れたね」と頭を撫でられた。肉のない筋張った指が櫛になって、真上から追いかけてくる。ぱらぱらと落ちてくる指混じりの櫛を避けながら、濡れてしまえば、これが雨か、と思うだけの薄暗い路地裏だ。そこはまだ季節には遠く、此処はどこなのか、何のためにいるのかと問う必要もなく、なんの恐れも、悲しみも、脈絡も、行間も不必要な、真綿に包まれた場所だ。

震えることで露わな肌を知り、心臓の重さを手にして途方に暮れる。手や足や頭や臓器や細胞のひとつひとつを確かめて「喪っていない」と安堵する。

いくつもの箱が、空のすこし高いところに浮いている。その中のひとつが　祖母で、その隣が　親友で、地上から浮くことのできない　わたしのことなど何ひとつ残らず忘れて、滾々と眠り続けている。

もう腕の喪失を気にかける必要のない、その口から水を噴き出す箱の名は「たましい」ではなく、もっと瞬きに似たひかり、なのだろう。

憐憫

足らないことがちょうどいい
ことを知ったのは晩秋だった

その年は冬がなかった
ひだまりの点在に蝶が舞い
三角形に切り取られた空からの
海鳴りに亀は眼を閉じた
にんげんだけが混乱した

定型からはみ出したものを
「百年に一度」で納得させようとしたが
慣性誘導された苛立ちは
マスクを外した口から飛び出し
誰かを傷つけることをためらわない

たましいが盗掘されていたことに
気づきはじめていた
これもまた戦争だ

私たちの「たち」が薄める罪が
自分のせいじゃないを繰り返す
ほんとうの「たち」は体内にいる
ちいさな、私の子どもたちのことだ
拾ってきた欠片をひとつ一つ丁寧に
太陽にすかして、静脈を確認する

これは生きている
これは死んでいる

これは生きても死んでもいない

わたしがみんなより少し早くしんだら
かわいそうなんて棺を開けて泣くのはやめて
墓場まで持っていく守秘義務が漏洩してしまう

ほんの僅かな時間差であなただって死ぬ
憐憫を詰めた瓶が弾け、青く発火した

わたしは、かわいそうなんかじゃない

ちいさな子どもたちが拾った青い火は
新しいほのおになるために
燃え続けることを惜しまない

こばと

古い写真の中で、もうこの世にいない人たちが笑っている
胸の　こばとがざわめきだす
そこに、自分がいたような気がして目を凝らす

もう、ずいぶん会っていない人たちは
内緒でしんだのかもしれない
祖母はまだ介護施設で、酒まんじゅうの
差し入れを待っているのかもしれない
約束を果たせなかった体育館の裏で
待ち続けている影が、
誰にも思い出されないことに気付かない

いつかの盗難を誰かのせいにしたけれど
喪ったところから新しいわたしが生えてきて

その先端で　こばとが　適切に鳴くために
胸を切りひらいて差し出したのはわたしです

その鳴き声にだけ特化した耳を
どの皮膚よりも大事にしていたのに
こばとのいない　脈打たないからだを抱えて
まだ写真に写ろうとしている

写真なんて終わったと誰かに指をさされるまで
カメラの方を向いて、こばとに抱かれている

遠泳

永遠をみつけた
爪のさきに灯っていた
想像どおり青だった

左の小指の先を、はじめて見た日は
生まれてから少し経っていた
右手と左手がまだ自分のものか
わからなかった頃、わたしはよく泣いた
寒いのか、痛いのか、おなかがすいたのか

そんなことでわたしは泣かない

わたしは誰か、ここは何処か、
自分のもののように抱いている

あなたは誰か

さっきまでいた場所に帰して
知らない人ばかりの騒々しい
こんなところにくるはずじゃなかった

目で見る、とは
目で見えないものは
見えなくなることだった

永遠は喋りたがっていた
終わりが来ないことの饒舌を
あなたがいないことの単調を

嵐の傘のように
前かがみで耳をそばだてていたけれど
いつのまにか永遠は消えた

遠泳の途中で永遠をみつけた
足裏で壁を打ち、緩やかにターンする
ほのおの形をした永遠は
帰る場所を喪ったわたしのように
目も耳も口も蓋をして
斜め上を泳ぐわたしをみつけられずに
膝を抱えていた

息もなく近づくと
永遠と共に排水溝に吸い込まれた

わたしが青だった

いきぞめ

窓を開けると、待ちきれなかった風がなだれ込んできて
苦い夢の排気に満ちた部屋が呼吸をはじめる

そろそろ影を売る店が開く時間だ
今年の一押しは、海の影らしい
あれは体内に海を持たないもの向けだ
珍しくもない蝶の影をひとつ
孕むまでの時間を逆算して腹に入れた
春には、指先から蝶の影が咲いて
洒落た女になるだろう

東からは、息染めの店がたちはじめた
匂いの薄いものは人気がない

臭いことが強さの証なのだから
人間の臭いなど誰も欲しがらない

西からは、生き初めの店がたちはじめた
ちろちろと金魚の玩具であやされた
泣き声と笑い声でにぎやかだ
嫌だ、嫌だ、と耳を塞ぐ産後鬱の女の顔が
空いっぱいに広がると、しゅるしゅると縮まり
耳だけが浮かんでいる
どうかハウリングしませんようにと願っているのは
店先に吊るされた金魚で
風に揺れてまわり続けているうちに
赤い輪になり、やがてぽたりと地面に落ちた

真夜中になると妖しが
影に影を着込んでやってきて
人の命をむやみに奪い取るので
たいてい人間は夕方で店を後にする

やけに白茶けた女が
祭り中に向かって歩いていく
しゃなりと腰を揺らし、見え隠れする踵から
こぼれる模様が蝶に似ていた

ポケット

空は飛ぶための場所だと思っていた頃
吊りスカートのポケットの中に
自分だけの空を作った

誰からも傷つけられないそこで
ひっそりと生きものを飼い
羽毛の寝床をしつらえ
人形を抱き、夕焼けを備えた
頭を突っ込んで出入り出来る
万能さを、永く愛していた

生きるためのものではない
生きるためのものでしかない

背理した揺らぎの底で
人形の関節のまるみが
わたしの手をまるく整える
ぴったりと寄り添うことで
ほんとうの息を覚えた

わたしと人形の手足が
混ざりあってしまわないように名前をつけた
それは、同じ名前だったので
結局、混ざり合い、右手だけ人形のわたしが
自分の右手に抱かれていた

まつり縫いの内側は、夢よりはいくらか
鮮明で、静謐な空だった

まるく縁どられたポケットのなかで
液晶パネルをタップして人形の指が
これを書いている

わたしの指は
きれいに生えそろった羽が
たんぽぽの綿毛みたいに
ポケットのなかを飛んでいける
夕暮れの準備に余念がない

溺れる

意識の腹が抜けた
雨の朝は容易に追いつける
ささやかな視力で
何事もなかった顔をして
横殴りの雨が
あっけなく、だるま落としを
成功させた

言葉を追いかけていたはずが
言葉に追いかけられていて
肩をつかまれて混じりあう

息をしない草むらの溺死体を
「間違いなくわたしです」

と頭を下げる
おそらく、月曜の朝の人身事故で
溺れたのだと思います

赤い色鉛筆で印をつけた馬は勝ちましたか
いつかの勝利を待つ
気の長い安寧を望みはしない

落下防止の柵が開き
飛び越えずとも
― こっちへおいで ―
電車もろとも飛び込んでしまう

「お客様のなかにお医者さまは
　　　　　　　いらっしゃいませんか」

共通言語のあかごが降っている
勝手に生まれてしまう
ふたごも、みつごも、よつごも
誰が産むのかも
何が生まれるのかも
わからない

「白線の内側までお下がりください」

ホームでは
助産師が次々に生まれてくる

あかごを取り上げ
丁寧に、四角錐の底辺に並べている

転寝

鳥が諦めた脳を
さかなが捨てた足を
何も差し出せない人間が
あたりまえのようにつけた傷は
自然治癒不可能になりました

時計が残り僅かを示しても
　結局、何も変わらなかった

誰かのせいにすることばかりが上手くなって
もういっそ鳥の脳に帰りたいと泣いている

シナプスの電気をひとつずつ消して
うす暗い部屋でうたた寝する

最初からこうすればよかった

すこしのパンと水と空気を
分けてもらって
「ありがとう」を言える　わたし
が、一番好きだった

赤城山

裾野に足を下ろし
横たわる女の姿をした山の上空で
空想の鳥がわたしのからだを啄む
痛みのない喪失を
放課後のランドセルは見ていた

隠すことばかりを求められた
意味もなく空を見上げること
男の指を求めること
女であること

豊潤に憧れた
初潮を迎えた友だちの輪に
入れない痩せっぽっちな

初出一覧

受粉　「妃23号」２０２１．０８
ジムノペディ　「妃19号」２０１７．０９
ナナイロ　「妃20号」２０１８．０９
埃及　「妃23号」２０２１．０８
ブリキの秋　「妃23号」２０２１．０８
斫り　「凪5号」２０２４．０４
さかな　「ココア共和国」２０２０．０８
着氷　「月の未明 vol.8」寄稿

なお既発表のものについては適宜加筆修正を施した

蝶番

二〇二四年七月七日　発行

著　者　梁川　梨里

発行者　後藤　聖子

発行所　七　月　堂

〒一五四－〇〇二一　東京都世田谷区豪徳寺一－二－七
電話　〇三－六八〇四－四七八八
FAX　〇三－六八〇四－四七八七

印　刷　タイヨー美術印刷

製　本　あいずみ製本

組版・装幀　亜久津　歩

Printeed in Japan
ISBN 978-4-87944-571-1　C0092

white

Like a squirrel who has forgotten where his food is hidden
in the hard packed snow, I'm looking for where I am.
I wish I could disappear like the snow that melts in spring.
I'm embarrassed to let you know about my body, which has
lost its soul,
and the bones left over from being burned.
Like a flower that blooms when its body is sucked,
I wish I could be your nourishment.
Trapped in someone's dream and someone wakes up,
I wish I could realize that I'm no longer anywhere.